閱讀123

國家圖書館出版品預行編目資料

小熊寬寬與魔法小提琴 1／陳沛慈 文；金角銀角 圖；
-- 第二版 , -- 臺北市：親子天下 , 2019.07
105 面；14.8x21 公分 . –（閱讀 123）
ISBN 978-957-503-439-9
863.59　　108009259

閱讀 123　055

小熊寬寬與魔法提琴 **1**

顛倒巫婆大作戰

作者｜陳沛慈
繪者｜金角銀角
責任編輯｜黃雅妮
美術設計｜蕭雅慧

天下雜誌群創辦人｜殷允芃
董事長兼執行長｜何琦瑜
兒童產品事業群
副總經理｜林彥傑
總編輯｜林欣靜
主編｜陳毓書
版權主任｜何晨瑋、黃微真

出版者｜親子天下股份有限公司
地址｜台北市 104 建國北路一段 96 號 4 樓
電話｜（02）2509-2800　傳真｜（02）2509-2462
讀者服務專線｜（02）2662-0332　週一～週五：09:00~17:30
讀者服務傳真｜（02）2662-6048
客服信箱｜ parenting@cw.com.tw
法律顧問｜台英國際商務法律事務所・羅明通律師
製版印刷｜中原造像股份有限公司
總經銷｜大和圖書有限公司　電話：（02）8990-2588

出版日期｜ 2014 年 12 月第一版第一次印行
2022 年 9 月第二版第六次印行
定價｜ 260 元
書號｜ BKKCD130P
ISBN ｜ 978-957-503-439-9（平裝）

訂購服務
親子天下 Shopping ｜ shopping.parenting.com.tw
海外・大量訂購｜ parenting@cw.com.tw
書香花園｜台北市建國北路二段 6 巷 11 號 電話（02）2506-1635
劃撥帳號｜ 50331356 親子天下股份有限公司

小熊寬寬與魔法提琴 1

顛倒巫婆大作戰

文 陳沛慈　圖 金角銀角

目次

一 快倒了吧 10
二 聖誕老人送的琴 20
三 努力的「鋸」 28

四 隱形小提琴 42
五 顛倒巫婆 54
六 淡藍色的小提琴 72

角色登場

熊媽媽

熊家小吃店的大主廚，年紀不小脾氣更不小。
喜歡創造新奇有趣的美食，最討厭
浪費食物和半途而廢的人。

小熊寬寬

住在樂活森林裡的小熊，個性憨厚又熱心，
人緣非常好。
成為魔法小提琴的擁有者後，意外跟著小提琴
一起經歷大大小小的歷險旅程。

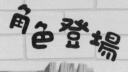

熊爸爸

年輕時愛喝陳年老酒，現在只能喝陳年老醋。
擁有高人一等的記憶力和體力，
對寬寬和熊媽媽包容性十足。
很愛乾淨，最討厭被人誣賴亂放屁。

一 快倒了吧

天空好藍、好高，幾朵白雲慢吞吞的飄向遠方。「丫──丫──丫──丫──」，寧靜的深秋裡，「熊家小吃店」不時傳來刺耳的歌聲。

「熊家小吃店」是樂活森林裡最受歡迎的餐廳。小吃店有三個吸引顧客的法寶：一是熊媽媽千里飄香的好廚藝，每個吃過的客人都讚不絕口；二是記憶力一流的熊爸爸，他記得每個客人的長相以及他們的喜好，最後就是笑咪咪、勤奮有禮的小熊寬寬，他是許多家長心目中的好寶寶。這三樣法寶讓「熊家小吃店」的生意好得不得了。

MENU

但是，自從小熊寬寬立志成為音樂家後，店裡的客人就像露珠遇到朝陽，一下子就消失不見了。

說起來也不能怪寬寬，誰叫學校的河馬老師沒事要小朋友「找出人生的目標」，還說了偉大運動家『瘸腳豹妞』的故事，「豹妞的腳雖然天生有缺陷，但她從不放棄，每天不斷的練習，最後成為偉大的運動家」。

從那天開始，寬寬便認真的尋找自己的人生目標。幾天後，寬寬在班上大聲宣布：「我要成為一位音樂家！」

從此，寬寬天天拉開嗓門唱歌，歌聲就像貓咪老師的尖指甲劃過黑板，刺耳又難聽。

除了幾位重聽的老爺爺外，其他的客人只要一看到寬寬，立刻奪門而

出。就這樣，熊家小吃店的生意越來越冷清，大家都惋惜的說：「熊家小吃店快倒了吧。」

二 聖誕老人送的琴

「熊——熊——熊——」

寬寬一邊唱歌，一邊幫忙洗菜。

「寬寬，你每天唱個不停，會不會累？」熊媽媽滷著一小鍋豆干問。

「會啊！」

「會累，就不要再唱了！」熊爸爸剛把柴火搬進屋裡，高興的大叫。

「不行，我好不容易才找到人生目標，絕對不能因為累，就放棄夢想。河馬老師說：『只要肯努力、多練習，將來一定會成功！』」寬寬舉起洗了一半的玉米，充滿希望的看向窗外。

「根本就是在找麻……」熊爸爸發現熊媽媽正凶狠的瞪著他，只好假裝東找找西找找，說：「找麻……找麻布袋，對，我要找麻布袋。」

「如果有一天，你發現自己不適合唱歌，會不會考慮改變人生目標？」熊媽媽問。

「其實，我比較想演奏樂器，可是，家裡沒有樂器，所以我只好唱歌。」寬寬紅著臉說：「媽媽，如果我站在臺上演奏樂器，一定很帥，對不對？」

那天晚上，熊爸爸在牛爺爺的二手店裡，找到一把又破又舊的小提琴，還買了一張聖誕卡片，卡片上寫著：

親愛的寬寬：

知道你為了當上音樂家，每天努力的練習，我非常的感動，所以決定提早把聖誕禮物送給你，希望你可以認真的練習。

千萬不要告訴別人，我提早送聖誕禮物給你，這樣會造成我的困擾。還有，你千萬不要再唱歌了，你比較適合拉琴！祝你成為偉大的演奏家。

對了，這個樂器叫做「小提琴」，只要像鋸木頭一樣，鋸來鋸去就可以了。

聖誕老人　上

三 努力的「鋸」

寬寬好喜歡聖誕老公公送的小提琴，雖然有些破舊，但是他一點也不在意。

每年冬天，當厚厚的積雪堵住小吃店的大門時，小吃店會休息兩個月，直到春天到來。今年，寬寬剛好可以利用這段時間，在店裡努

力的練習「鋸」小提琴，等春天一到，就可以讓所有的人欣賞他努力的成果。

媽媽喝茶，他「咿咿歪歪——」；爸爸掃地，他「機機嘎嘎——」，當大家想好好睡一覺，他依舊不停的鋸著。寬寬日夜不停的練習，整整練了一個冬天，他覺得自己的琴藝越來越好了。

春天的腳步近了，屋外的積雪漸漸融化。長期頭痛的熊媽媽對寬寬說：「等門口的積雪一融化，就不准在家練琴了。」

「為什麼？不練琴，就不會進步啊！」寬寬說。

「因為……因為你得出去練膽量，只躲在家裡拉，是不可能成為偉大的音樂家。」熊媽媽揉著太陽穴，有氣無力的回答。

黑眼圈像碗公一樣大的熊爸爸，從廁所伸出頭說：「對對對，不准在小吃店拉琴。不然我們的店就……」

熊媽媽咬著牙小聲的對熊爸爸說：「就，就怎麼樣？都怪那個蠢聖誕老人，不會教琴卻亂送琴！」

熊爸爸摸摸鼻子，趕緊縮回廁所裡。

初春的風還冷颼颼，

屋簷上的融冰還滴滴答答，寬寬已經等不及了。他抱著小提琴，從積雪中爬出屋外。

寬寬低頭拍拍身上的白雪，耳邊傳來一陣優美的歌聲，一群小鳥正在枝頭歌頌著春天。

寬寬馬上架起小提琴，「鋸」了起來。沒想到琴聲一出，樹上的雪立刻轟的一聲，落了滿地。寬寬抬頭往上看，樹上只剩下剛冒出頭的嫩芽，空中落下幾根羽毛，小鳥早已嘰嘰喳喳的飛遠了。

寬寬好失望，他來到草原。

草原上，兔爺爺的花圃裡，一朵朵含苞待放的波斯菊在微風中輕輕搖曳，寬寬看了忍不住讚嘆：「好美的花啊，讓我為你們演奏一曲吧！」

可是，琴都還沒架好，就看到兔爺爺拿著鋤頭，氣沖沖的衝過來：

「快走開！別來煩我的

「波絲菊！去年你的歌聲，
害我的玫瑰全部縮成了高麗菜，
現在你還想來做什麼！」

寬寬嚇得拔腿就跑，氣喘吁吁的來到池塘邊，小青蛙們正在池塘邊練合唱。

這一次寬寬不敢大意，他才想開口問青蛙，可不可以為他們伴奏，就聽見小青蛙們唱

著：「小熊寬寬有把琴，又破又舊又難聽，蜜蜂聽了不做工，毛蟲聽了不結蛹，小鵝聽了不游泳，花兒聽了不再紅，嘓嘓、難聽、嘓嘓，難聽、嘓嘓嘓，真難聽！」

寬寬又羞又氣，抱著小提琴跑回家。

他把自己關在房間裡，不停的鋸。

練啊練，鋸啊鋸，他連續鋸了一天一夜、兩天兩夜、三天三夜……直到弓和弦之間冒出了黑煙，最後燒成灰燼。

就這樣，小熊寬寬
沒有小提琴了。

四 隱形小提琴

春風輕吹，百花齊放，樹梢穿上嫩衣裳，歡樂氣氛四處飄盪。寬寬的小提琴燒成灰燼的消息一傳開，大家高興的互相道賀，快樂得像花園裡飛舞的蝴蝶。熊家小吃店又恢復了往常的熱鬧，開心的熊爸爸甚至拿出陳年蜂蜜醋招待客人。

可是，當大家看到眼睛哭得像肉包子的寬寬時，再也不好意思幸災樂禍了。

每個人都想安慰寬寬，卻不知道該怎麼做。

春天的風輕輕柔柔，一絲絲吹進寬寬的心裡，在心裡開出一朵朵快樂的小花。

寬寬好想念他的小提琴，好想再拉拉它。於是，他抬起手，擺好姿勢，在空中有模有樣的拉起小提琴。雖然是把隱形的琴，但寬寬好像聽見悠揚的琴聲，在花瓣間迴盪，在樹林裡穿梭。

正在整理花圃的兔爺爺看見這一切，立刻將森林裡的朋友們召集過來想辦法。

「我在書上讀過，有一位鋼琴家，小時候沒錢買琴，就在餐桌上畫琴鍵練習……」博學的貓頭鷹還想繼續講下去，立刻被母雞媽媽打斷：「好啊好啊，以後就叫寬寬拉隱形小提琴，我們給他拍拍手就好了。」

「拉這種隱形的琴，可以增加他的信心嗎？可以讓他快樂嗎？他又沒那麼笨。」松鼠先生搖搖頭。

大家沉默了一會兒，長相俊美的鴛鴦先生說：「去年的某一天，寬寬站在我家樹下唱歌，雖然很難聽，但是那天卻是我們有了蛋寶寶後，出外覓食最久，睡得最安穩的一天。因為我們知道，只要寬寬在，蛋寶寶就會很安全。」

「那我也要請他來當保全，這樣我就可以安心串門子，不用擔心黃鼠狼了。」母雞媽媽高興得咯咯笑。

「停停停，今天我們是來談如何鼓勵寬寬，怎麼變成要他當你們的保全，太不像話了！」兔爺爺生氣的說。

「兔爺爺你別生氣，先聽我把話說完。我的意思是，如果可以請寬寬為大家演奏隱形小提琴，一來可以增加他的自信心，二來因為有他的陪伴，大家就會更安全，這不是一舉兩得嗎？」風度翩翩的鴛鴦先生有條有理的說。

「還不必忍受噪音。」松鼠太太小聲的說，惹得大家哈哈大笑。

那天晚上，大家決定由兔爺爺第一個去邀請寬寬：「寬寬啊，我發現當你演奏隱形小提琴的時候，花朵們開得特別嬌豔。明天可以請你再為我的花兒們演奏嗎？」

第二天，松鼠太太對寬寬說：

「寬寬，可以請你來我家的樹下演奏嗎？這樣果實一定能長得更肥美。」

就這樣，寬寬接到許多各式各樣的邀請。

母雞媽媽想為蛋寶寶做胎教，請他去；夜鶯

小姐有演唱會，需要有人陪她練習，請他去；刺還很軟的刺蝟寶寶，想開生日派對，當然也要請他去。

這麼多的邀請，讓寬寬忙得暈頭轉向，卻也笑得合不攏嘴，他幾乎快忘了真正的小提琴是什麼樣子。

五 顛倒巫婆

夏天到了，晚風漫步在草原上，月光在溪水中跳躍。安靜的森林裡，只有一個拉得好長好長的身影。

寬寬剛從狐狸奶奶家出來，怕孤單的狐狸奶奶，天天失眠，只有寬寬為她演奏時，才能好好睡一覺。

其實寬寬知道，就算他不拉隱形小提琴，只要坐在狐狸奶奶身邊，狐狸奶奶就可以睡得很好。但是，他不想一直聽狐狸奶奶說以前的事，所以他總是認真的拉琴，等狐狸奶奶開始打鼾，才偷偷摸摸的離開。

爬上小山丘，寬寬看見森林裡撒滿了月光，忍不住讚嘆，「多美麗的月亮啊！」

陶醉在銀白月色中的寬寬，不知不覺的架起隱形小提琴，演奏了起來。才拉沒幾下，就聽見空中傳來慘叫聲「啊——」，一個穿著白衣白帽的小女孩，駕著

冒煙的掃把降落在寬寬面前。

小女孩從碎了一地的掃把殘渣裡爬出來，寬寬看傻了眼。眼前的小女孩穿著白色蓬蓬裙，戴著白色蕾絲帽，小小的臉蛋上有著一雙水汪汪的大眼睛，和一個櫻桃般的小嘴。

寬寬盯著小女孩的臉猛瞧，他在心裡大叫：「喔！不配不配，真是不配！」那張漂亮的臉蛋上，竟然有個像芭樂一樣又大又醜的鷹勾鼻，鼻頭還有顆毛茸茸的痣！

「你還好吧？有沒有受傷？」寬寬問。

小女孩看也沒看寬寬一眼，只是驚慌的東張西望，像是在找什麼。她用沙啞的聲音對四周大喊：「是誰？是誰破解了我顛倒女巫的偽裝術？快給我滾出來！我要跟你決鬥！」

雖然寬寬被小女孩沙啞的聲音嚇到，不過他依舊很有禮貌的回答：「這裡除了我以外，沒有別人。我剛剛在這裡演奏……」

「演奏？什麼演奏？」小女孩聽見「演奏」兩個字，轉頭瞪著寬寬問。

這時，寬寬發現小女孩原本白皙的臉，一下子變成了一張布滿皺紋的麻子臉。他嚇得眨了眨眼，又嚥了嚥口水，才勉強回答：「我、我在演奏小提琴……」

「少騙我了，小提琴的琴聲根本傷不了我。快說！那個可惡的音樂魔法師躲在哪裡？」小女孩氣呼呼的東張西望。

「我沒騙你，沒有什麼音樂魔法師。剛剛這裡很安靜，什麼聲音也沒有，雖然我在拉

琴，可是根本沒有聲音。」寬寬雖然不願意承認，卻又不敢得罪小女孩，只好趕緊解釋。

「我才不相信你這狡猾的小熊，快把琴拿出來拉給我聽。不然我就把你變成小蚱蜢，再一口吃掉你！」小女孩從鼻孔裡抽出一枝魔法棒，指著寬寬說。

寬寬看著沾滿鼻屎的魔法棒，嚇得趕緊架起隱形小提琴，拉了起來。

「啊天！啊爺天老的我！了死聽難！停快！了死聽難！停快！停快！」

小女孩摀著耳朵，一邊說著寬寬聽不懂的話，一邊像變魔術似的不停變身。不一會兒，水汪汪的大眼睛變成了滿是血絲的鬥雞眼。

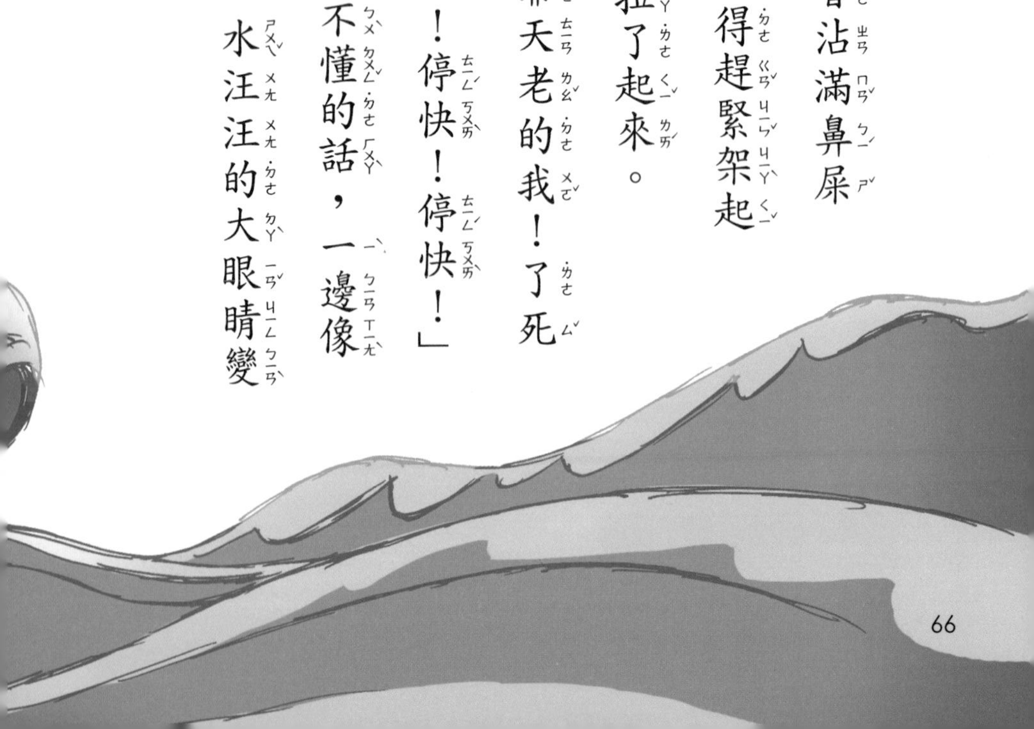

寬寬又害怕又驚慌，雖然聽不懂小女孩在吼什麼，但是他隱約聽到：「快！快！快！」只好加快拉弓的速度。他想像手中那根隱形的弓，動得像溪水一樣快。

「停快！停快！」小女孩尖叫著，櫻桃小嘴一下子變成滿口利牙的血盆大口。

寬寬看得頭皮發麻，手腳發冷，他一點也不想得罪這個恐怖的女巫，「還要更快嗎？好，好，我快一點，你別生氣。」寬寬再次加快速度，想像手中的弓，像花豹在草原上奔跑。

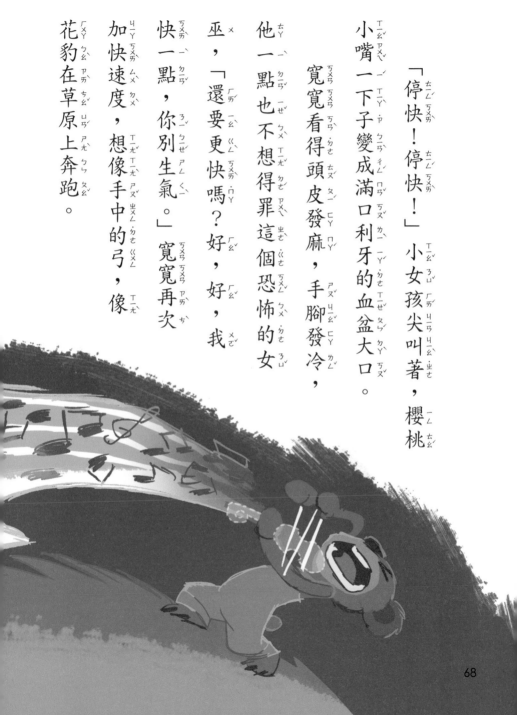

這時，小女孩已經變成可怕的老巫婆，身體縮得像一顆球，叫聲尖銳難聽，噁心的魔法棒在空中不停的揮動：「停快……停快……」

「怎麼？還要再快？」雖然寬寬很累，但是他更怕被那枝沾

滿鼻屎的魔法棒碰到，只好閉上眼睛，想像手中的弓快得像蜂鳥拍動中的翅膀。

「……快……快，停！停！」

聽見巫婆要他停，寬寬終於鬆了一口氣。他張開眼睛，卻沒看見那位奇怪的巫婆，只看見地上有一件白袍和魔法棒。

「有人在嗎？」寬寬對著空氣問。

森林裡靜悄悄的，好像什麼事都沒發生過。

寬寬嘆了一口氣，當他撿起白袍，發現白袍底下有一隻四

腳朝天、口吐白沫的醜陋癩蛤蟆，和一把
閃著淺藍色光芒的小提琴。
　那是寬寬見過最
美麗的小提琴了。

六 淡藍色的小提琴

「多——多——多——瑞——咪——發——搜——」當寬寬拿起漂亮的藍色小提琴，東摸摸西瞧瞧時，天空傳來響亮的歌聲，一把掛滿五彩霓虹燈的掃把緩緩降落，一位全身閃閃發亮的胖巫師走了下來。

胖巫師一看見寬寬手上的小提琴，立刻從口袋裡抽出一枝金光閃閃的魔法棒，指著寬寬驚訝的問：「這琴……你怎……」

「喔，你問這把琴嗎？剛剛有個小女孩……嗯，不是，是老巫婆……。哎呀，反正就是有個人從天上掉下來，然後要我拉隱形小提琴給她聽，而且還要我拉得非常非常快。」

「我閉著眼睛，努力的拉。結果等我睜開眼睛，就只看見這隻昏倒的癩蛤蟆，和這把小提琴了。」

寬寬把癩蛤蟆捧到胖巫師面前，胖巫師嚇得倒退好幾步。

他急忙拿出一個小籠子，對寬寬說：「快把顛倒女巫放進籠子裡。」

「什麼顛倒女巫？」

「快把那隻癩蛤蟆放進去！不然等她醒來，我們就慘了。」

胖巫師大叫。

原來，那位小女孩是奸詐狡猾的顛倒女巫偽裝的。她偷了音樂王國的魔法小提琴，正遭到音樂巫師們的追捕。

巫師們只知道顛倒女巫害怕噪音，所以使出許多噪音魔法，可是卻一點用也沒有，她將所有的噪音魔法反彈回去，擊退追捕她的音樂巫師。

他們並不知道，其實顛倒女巫最怕的是沒有聲音的小提琴，尤其是隱形小提琴。

癩蛤蟆被放進籠子裡，胖巫師趕緊按下門上的按鈕，籠子立刻發出耀眼的光芒，胖巫師終於鬆了一口氣。他拍拍胸口的灰塵，梳了梳頭上唯一的兩根頭髮，然後拿出一本閃亮亮的

簿子，用閃亮亮的魔法棒寫著：「顛倒女巫，被不知名的巫師打回原形。魔法小提琴順利找回，由閃亮亮巫師送回音樂王國。」

胖巫師對寬寬說：「把小提琴給我，我要送回音樂王國。」

「可是，這把琴沒辦法給你。」寬寬說。

「小弟弟，不是撿到的東西就是你的，快把琴給我！」胖巫師揮舞著閃亮亮魔法棒生氣的說。

「不是我不給你……」寬寬把小提琴遞到胖巫師面前。

胖巫師伸手要拿小提琴，可是琴卻牢牢的黏在寬寬手上，

「你……你用了什麼法術？」

「我什麼也沒做。」寬寬不停的甩手，小提琴卻怎麼樣也甩不掉。

「不要動，我再試試看。」胖巫師挽起袖子，雙手用力的拉小提琴。但是不管怎麼拉，小提琴還是緊緊的黏在寬寬的手上。

胖巫師滿頭大汗，氣得頭頂

冒煙，他拿出閃亮亮魔法棒大叫：「把手舉高，我要施展『要你們分開』的法術。」

寬寬趕緊把手舉高，這時，胖巫師唱起歌：「阿縮拉咪喔，快快回家唷！發希咪縮拉，快快分開嘍！分開！分開！要你們分開！」一道五顏六色的魔法，從閃亮亮魔法棒射出。

忽然，小提琴拉著寬寬的手左右移動，像打網球似的，把胖巫師的法術，一道一道打回去。

打回第一道，射中胖巫師的濃眉毛，兩道濃濃的眉毛，立刻貼到額頭兩邊，像是兩道鬢角。

打回第二道，射中胖巫師的大門牙，兩顆閃亮亮的大門牙，中間擠出一個大洞，門牙好像牛郎和織女，隔著銀河遙遙相望。

「季死偶了，泥這害提琴，看偶最強這一招！」這會兒，胖巫師的魔法棒射出一道更耀眼的法術。

耀眼的法術讓寬寬睜不開眼睛，只感覺小提琴不停的拉著他的手，右一揮左一拍，然後就聽見胖巫師「哎喲！」的慘叫聲。之後，四周恢復了先前的寧靜和黑暗。

寬寬睜開眼睛，看見胖巫

師的兩顆眼睛，各自在耳朵上方眨呀眨；兩個鼻孔一個飛上額頭，一個掉在下巴；衣服上的兩排扣子也全掛在袖子上，露出大大的閃亮肚皮；連魔法棒都分岔成大大的「Y」字型。

這時，小提琴發出叮叮叮的琴聲，一排歪歪扭扭的小字出現在琴身上：「小熊寬寬的小提琴」。

胖巫師用右邊的眼睛看了看，皺了皺左邊的眉毛，無奈的聳了聳肩，拿出剛才的簿子，用分岔的魔法棒寫下：「魔法小提琴被魔法高

強的音樂巫師……」

「你叫什麼名字？」胖巫師抬起頭問。

「寬寬。」

胖巫師點點頭，繼續埋頭寫，「被魔法高強的音樂巫師——寬寬大師，從顛倒女巫手中搶回。魔法小提琴選擇寬寬成為主人兼守護者。」

胖巫師收起簿子，對寬寬說：「我先回音樂王國報告，有事的話，我會再來找你。」

「巫師先生，你……不要緊吧？」看見胖巫師全身七零八落的樣子，寬寬覺得很不好意思。

胖巫師搖搖頭：「沒事，我休息幾天就好了。」

他擦了擦左眼角的淚珠，和下巴的鼻水，然後丟給寬寬一張閃亮亮名片，便跳上閃爍著五彩霓虹的掃把，撒下亮片，消失在皎潔的月光下。

寬寬用顛倒女巫留在地上的白衣帽，把魔法棒上的鼻屎擦乾淨。

這時「砰！」的一聲，袍子裡掉出一本樂譜，魔法棒也變成了一根淡藍色的弓。

寬寬好累好累，累得沒有精神去弄清楚這些是什麼。他抱著樂譜、拎著弓、扛著小提琴，一路打著大大的呵欠走回家。

然而寬寬並不知道，這把淡藍色的魔法小提琴，將為他的人生帶來多大的改變，也將帶著他一同經歷許多有趣的冒險故事。

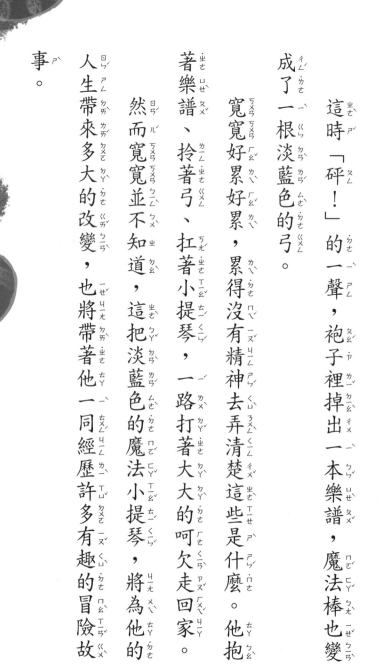

【作者的話】

我是個個性慵懶，對作品卻嚴格的作家，為了寫出優秀的故事，也為了躲避凶狠無比的編輯們，我在九年前搬進寧靜祥和的樂活森林，遠離都市。

不管森林裡
有什麼猛獸，
一定不會比編輯
可怕。
樂活森林
我

作家總是非常忙碌，必須到處尋找靈感、思考大綱、尋找角色。忙得沒有時間可以料理三餐。還好森林裡有家物美價廉的熊家小吃店，幫我解決三餐。也因為這樣，我和小熊一家成為好朋友。

奇怪，為什麼我
越忙越胖？
難道是吃了很多
熊家的口水？

有天晚上，小吃店收到一封通知信，一個電視節目兩天後要來採訪，在小提琴比賽中得獎的寬寬和其他村民。大家決定由我代表村民接受訪問，因為──「作家最有學問，作家口才最好了。」

森林裡的
居民真是
太有眼光了

第二天，許多人幫我把超級髒亂的客廳，打掃得一塵不染、閃閃發亮。他們也熱心的幫我打扮，試了各式各樣的妝扮、換了一件又一件衣服。最後終於找到一個大家都滿意的妝扮（就是我平常的模樣）。

我就知道，天生麗質的人根本就不需要刻意打扮。

訪問當天，一位壯得像猩猩的女人，攤開大大小小的刷子、五顏六色的顏料，和巨大吹風機，幫我妝扮。

她以前在遊樂場的鬼屋工作嗎？

等我看到鏡中的自己時，以為看到戴著一個鋼鐵安全帽的女妖怪。

接著，一位白衣白帽、濃妝豔抹的女人走進來。「什麼爛地方？噁心死了。趕快拍一拍，這種鬼地方我一秒也不想多待！」原來她就是知名的主持人。穿著花襯衫的製作人，笑咪咪的安撫主持人。一轉頭，馬上惡聲惡氣得對我說：「你！準備Action啦！」。此時，我胸中那座休眠的火山開始蠢蠢欲動。

噁心？誰可以拿面鏡子給她，讓她瞧瞧什麼才叫做噁心。

訪問一開始，主持人用又甜又膩的娃娃音對著攝影機說：
「今天我們要訪問一位小提琴老師……」
「我不是小提琴老師。」我提出異議。

這傢伙是豺狼偽裝的吧？讓我找找她的尾巴。

「卡！這段剪掉。」主持人瞪了我一眼，繼續用娃娃音對著攝影機說：「剛剛老師告訴我們，她用愛心、耐心來陪伴寬寬……」
「根本沒有……」
「你閉嘴坐著就可以了。反正以你們的水準，也說不出什麼好話。」主持人伸出尖尖的指甲，尖酸刻薄的說著。
看著主持人說得口水亂噴，舌頭亂晃，我胸中的火山冒出濃濃的黑煙，頭髮一根根豎了起來。

忽然「噗！」一個又臭又響的屁從主持人的白裙子裡噴出。

噗！
嚇死了，我還以為瓦斯漏氣，發生氣爆了，恐怖哩！

沒想到主持人瞪著我說：「噁心死了，這些鄉下人真沒水準，竟然當眾放屁！」

面對這個顛倒是非的女人，我抓起地上的掃把怒吼：「你說我是鄉巴佬，又說我沒水準，現在，還把你噁心的屁誣賴給我！」

「對！我最討厭亂誣賴人家放屁的人！」熊爸爸領著鄰居們衝進客廳，合力趕走這群可惡又討厭的無賴。

那天晚上，大家坐在亂糟糟的客廳裡，忽然聽見寬寬放了個小小的屁，大家你看看我，我看看你，笑成了一團，笑得眼淚都掉出來了。

笑聲中，一個有趣的故事，在我腦海裡成形，於是，這本有趣的書，誕生了。

【鳥媽媽音樂小學堂】

什麼是音樂？

「小朋友，有誰知道『**音樂**』裡面包含什麼元素？」

「我知道我知道，有醫生、護士、病人……」

「還有打針、吃藥、喔咿喔咿車子、已經死翹翹的人和快要死翹翹的人……」

「不是『醫院』是『**音樂**』。好，告訴我音樂的元素是什麼？就是說什麼可以組成音樂？」

「嘴巴、樂器、琴譜……」

「肚子餓得嘰哩咕嚕、吃東西西哩呼嚕、放屁噗噗噗噗……」

什麼是音高？

「**音樂**裡有一個元素，叫做『**音高**』。」

「什麼是音高？」

「就好像，大提琴的聲音比較低，小提琴的聲音比較高。高低不一樣的聲音，就是**音高**。」

「我知道，打鼓的聲音比較低，喇叭的聲音比較高。」

「就像爺爺放的屁聲音比較低，弟弟放的屁聲音比較高。」

「還有，媽媽看到蟑螂出現的時候，聲音比較高，看到爸爸回來的時候，聲音比較低。」

什麼是節奏？

「還有另一個元素叫做『**節奏**』，比方說一分鐘可以跳一百下，就是節奏很快。一分鐘只能跳五下，就是節奏慢。」

「蜜蜂拍動翅膀就是節奏快，老鷹拍動翅膀就是節奏慢。」

「太棒了，還有沒有人可以舉例。」

「猴子爬樹時，手腳節奏很快，樹懶爬樹時，手腳的節奏超級慢。」

「蟬在樹上叫，節奏很快，掉到樹下時叫，節奏就很慢。」

「我爸爸便祕的時候，便便掉下來的節奏很慢，拉肚子的時候，便便掉下來節奏就超快。」

什麼是旋律和合聲？

「前面兩個元素合在一起，就叫做『**旋律**』。」

「便祕和拉肚子合在一起？」

「不是！是**音高**和**節奏**。」

「然後最後一個元素是『**合聲**』。」

「老師！老師！」

「不要說話，等我說完。旋律就像橋，合聲就像橋下面的梁柱，有橋梁才能把橋撐起來，所以有合聲，才能撐得起旋律，變成美妙的音樂。」

❓

「聽不懂……」

「比方說，老師已經是個大美人了，這個就是旋律。然後老師穿上超級漂亮的禮服，又戴上昂貴的寶石項鍊、鑽石耳環、翡翠玉鐲，讓老師更加閃閃動人，美麗無比。這些禮服、項鍊、耳環、玉鐲就是合聲。這個比喻，簡單易懂，而且符合事實。相信你們一定都非常了解。」

閱讀123

推薦文

我們都是創客

◎前臺東兒童文學研究所所長　林文寶

看到《顛倒巫婆大作戰》，直覺文化經濟時代真的到來，而臺灣新型的兒童文學創作亦已隱然形成。這種新型的文學，其實就是時代的文化商品。從文化工業到文化產業（或稱文化創意產業，簡稱文創），甚至時下流行的創客，正說明著社會已然由知識經濟走向文化經濟。

新型的書寫，就是所謂的類型化作品。這類作品的特徵是「糖葫蘆串」的故事結構，圍繞主角展開的人物譜系，以多本或系列的形式呈現。這種類型化作品緊貼孩童的校園生活與心靈世界，注重感動當下的時代性、可讀性、藝術性的融合，陽光、情趣、互動是其重要的藝術元素，而題材有魔幻、偵探、推理、探險、懸疑、科幻等。這種文化商品也有低、高之分，如何使自己的書寫文本成為不容易被取代的、非速食的、與有機的高階作品，是創作者必須面對的挑戰。

「小熊寬寬與魔法提琴」系列即是這種新型態的書寫。第一本《顛倒巫婆大作戰》，以一個接近音痴的小熊寬寬為主角，描述寬寬曲折又奇幻的音樂學習歷程，是個兼具勵志、幽默、奇想的趣味故事，文筆流利、故事可讀性強，搭配具有動畫背景的兒童文學插畫新秀生動活潑的詮釋，圖象精巧到位，肢體充滿律動，讓閱讀宛如欣賞紙上動畫電影。

在文化經濟的時代，生活與藝術彼此跨越與滲透，所謂生活藝術化，藝術生活化，其生活風格有兩項特質，即「意象傳達」與「美學經驗」。我們的消費產品，不再只是功能，重要的是要有態度，作者有志於創作，與其共勉之。

閱讀123

企劃緣起

讓孩子輕巧跨越閱讀障礙

◎親子天下執行長 何琦瑜

在臺灣，推動兒童閱讀的歷程中，一直少了一塊介於「圖畫書」與「文字書」之間的「橋梁書」，讓孩子能輕巧的跨越閱讀文字的障礙，循序漸進的「學會閱讀」。這使得臺灣兒童的閱讀，呈現兩極化的現象：低年級閱讀圖畫書之後，中年級就形成斷層，沒有好好銜接的後果是，閱讀能力好的孩子，早早跨越了障礙，進入「富者越富」的良性循環；相對的，閱讀能力銜接不上的孩子，便開始放棄閱讀，轉而沉迷電腦、電視、漫畫，形成「貧者越貧」的惡性循環。

國小低年級階段，當孩子開始練習「自己讀」時，特別需要考量讀物的文字數量、字彙難度，同時需要大量插圖輔助，幫助孩子理解上下文意。如果以圖文比例的改變來解釋，孩子在啟蒙閱讀的階段，讀物的選擇要從「圖圖文」，到「圖文文」，再到「文文文」。在閱讀風氣成熟的先進國家，這段特別經過設計，幫助孩子進階閱讀、跨越障礙的「橋梁書」，一直是不可或缺的兒童讀物類型。

橋梁書的主題，多半從貼近孩子生活的幽默故事、學校或家庭生活故事出發，再陸續拓展到孩子現實世界之外的想像、奇幻、冒險故事。因為讓孩子願意「自己拿起書」來讀，是閱讀學習成功的第一步。這些看在大人眼裡也許沒有什麼「意義」可言，卻能有效引領孩子進入文字構築的想像世界。

親子天下在二〇〇七年正式推出橋梁書【閱讀123】系列，專為剛跨入文字閱讀的小讀者設計，邀請兒文界優秀作繪者共同創作。用字遣詞以該年段應熟悉的兩千個單字為主，加以趣味的情節，豐富可愛的插圖，讓孩子有意願開始「獨立閱讀」。從五千字一本的短篇故事開始，孩子很快能感受到自己「讀完一本書」的成就感。本系列結合童書的文學性和進階閱讀的功能性，培養孩子的閱讀興趣、打好學習的基礎。讓父母和老師得以更有系統的引領孩子進入文字桃花源，快樂學閱讀！

橋梁書，讓孩子成為獨立閱讀者

◎前中央大學學習與教學研究所教授　柯華葳

獨立閱讀是閱讀發展上一個重要的指標。幼兒的起始閱讀需靠成人幫助，更靠圖畫支撐理解。許多幼兒有興趣讀圖畫書，但一翻開文字書，就覺得這不是他的書，將書放在一邊。為幫助幼童不因字多而減少閱讀興趣，傷害發展中的閱讀能力，親子天下童書編輯群邀請本地優秀兒童文學作家，為中低年級兒童撰寫文字較多、圖畫較少、篇章較長的故事。這些書被稱為「橋梁書」。顧名思義，橋梁書就是用以引導兒童進入另一階段的書。其實，一本書容不容易被閱讀，有許多條件要配合。其一是書中用字遣詞是否艱深，其次是語句是否複雜。最關鍵的是，書中所傳遞的概念是否為讀者所熟悉。有些繪本即使有圖，其中傳遞抽象的概念，不但幼兒，連成人都可能要花一些時間才能理解。但是寫太熟悉的概念，讀者可能覺得無趣。因此如何在熟悉和不太熟悉的概念間，挑選適當的詞彙，配合句型和文體，加上作者對故事的鋪陳，是一件很具挑戰的工作。

這一系列橋梁書不說深奧的概念，而以接近兒童的經驗，採趣味甚至幽默的童話形式，幫助中低年級兒童由喜歡閱讀，慢慢適應字多、篇章長的書本。當然這一系列書中也有知識性的故事，如《我家有個烏龜園》，作者童嘉以其養烏龜經驗，透過故事，清楚描述烏龜的生活和社會行為。也有相當有寓意的故事，如《真假小珍珠》，透過「訂做像自己的機器人」這樣的寓言，幫助孩子思考要做個怎樣的人。

【閱讀１２３】是一個有目標的嘗試，未來規劃中還有歷史故事、科普故事等等，且讓我們拭目以待。期許有了橋梁書，每一位兒童都能成為獨力閱讀者，透過閱讀學習新知識。

橋梁書能幫助孩子從閱讀圖畫書到閱讀小說。【閱讀１２３】系列有緊密搭配文字的插圖，也有清楚提示內容的目錄；故事有的接近孩子的生活經驗，有的充滿想像的趣味，以多元的文類提供孩子多種選擇。這套書以內容吸引孩子喜歡閱讀，以形式協助孩子獨立閱讀，是值得推薦的橋梁書。

——**國立臺北教育大學語文與創作學系教授　林文韵**

本書作者借用許多少兒名著的故事情節與人名，重新編織新故事，質疑作品角色的存在年限，融合寫實與幻想傑作中的經典人物，又轉借這些人物的部分故事，寫成這本趣味性相當高的作品。這個故事非常適合親子共讀或師生分享，由熟悉的師長父母拼湊互文部分，重回美妙的純文字世界。

——**國立臺東教育大學兒童文學研究所教授　張子樟**

閱讀條件優越的孩子越讀越有趣，越讀越快，越讀越多，形成「閱讀大戶」；閱讀條件不利的孩子，由於閱讀障礙阻隔，卻越讀越挫折，越讀越灰心，形成「閱讀貧戶」。【閱讀123】系列的進階設計，照顧了孩子閱讀的落差，正好提供一座斜坡式的橋梁，創造閱讀的無障礙空間，打破孩子閱讀的M型現象。

——**資深兒童文學工作者、退休校長　陳木城**

閱讀123